Inhalt:

Ein Mitarbeiter einer Sternwarte, der sich in seiner Freizeit mit der Erforschung von UFOs beschäftigt, entdeckt einen Kometen, welcher mit der Erde auf Kollisionskurs steht. Er meldet seine Entdeckung an die IAU, welche sie sofort an die UN weiterleitet. Auf einer eilends einberufenen Geheimkonferenz versprechen die Atommächte den Kometen mit ihren Atomwaffen abzuwehren, während überall der Bau riesiger Bunkeranlagen beginnt, die als Tunnel für ein zukünftiges Magnetbahnsystem getarnt werden. Der Sternwartenmitarbeiter, der den Komet entdeckte, beschäftigt sich in seiner Freizeit mit der Erforschung des UFO-Phänomäns und arbeitet beim Hessdalen-Projekt, einem einschlägigen Forschungsprojekt zur dessen Erforschung mit. Nach einem Experiment in Norwegen, bei dem er ein UFO harpuniert, wird er aus Norwegen ausgewiesen. Die bei diesen Experiment angefallenen Daten wandern über den besten Freund des Sternwartenmitarbeiters in die Hände des amerikanischen Geheimdienstes, wovon er aber nichts bemerkt.

Dann werden in Deutschland 3 Terroranschläge inszeniert, um die Einführung eines Polizeistaats mit strikter Zensur zu erreichen, denn man fürchtet wegen des baldigen Einschlags des Kometen, dass Panik ausbricht, da alle Versuche den Kometen mit Atomwaffen abzulenken, gescheitert sind, was aber vertuscht wird. Der Sternwartenmitarbeiter wird für eine Nacht verhaftet, nachdem er bei einer Führung den Kometen zeigte.

Kurz vor dem erwarteten Einschlag wird der Sternwartenmitarbeiter zu einer angeblichen Versammlung von Mitgliedern des Hessdalen-Projekts eingeladen, wo er seinen alten Freund trifft, der ihn anbietet bei der Abwehr des Kometen, welche mit Hilfe eines Geräts, das auf Erkenntnissen der UFO-Forschung und den Ergebnissen seines letzten Versuchs in Norwegen, beruht erfolgen soll. Erst nach seinem Abflug vom Flughafen Stuttgart am folgenden Tag erfährt er.. Dort fliegt er mit zuerst unbekannten Ziel los. Im Flugzeug erfährt er, dass die Aktion in Liberia auf dem Areal des ehemaligen OMEGA-Senders in Paynesville, Liberia erfolgt, weil dessen riesiger Mast zur Erzeugung eines hierfür benötigten niederfrequenten elektromagnetischen Feldes benötigt wird.

Das Experiment gelingt, doch bricht ein Stück vom Kometen ab und zerstört Teile von Los Angeles. Offiziell hieß es der Komet wurde mit einer Atombombe abgelenkt, doch sollte jene nur das Bruchstück, welches in Los Angeles einschlug, zerstören.

Die wahre Geschichte wird erst veröffentlicht, nachdem ein russischer Satellit die Begleiterscheinungen der Kometenabwehr dokumentiert hat. Daß hierbei eine Technologie, die auf bis dato geheimen physikalischen Grundlagen beruht, zum Einsatz kam, führt dazu, dass immer mehr Staaten die Inspektion von Area 51 und eine Aufklärung über die Funktionsweise des Abwehrgeräts fordern, da man fürchtet, es könnte eine gefährliche Waffe sein. Schließlich geben die USA nach und das Geheimnis des Area 51 wird gelüftet und der Menschheit eine unerschöpfliche Energiequelle in die Hand gegeben, welche auch die angekündigten Magnetbahnen, deren Bau ursprünglich nach der erfolgreichen Abwehr des Kometen hätte eingestellt werden sollen, dann aber nach heftigen Protesten fortgesetzt wird, betreiben kann.

Erzählung:

Manchmal fangen Dinge, welche die Welt in Atem halten können, ganz harmlos an und ereignen sich an ganz unverhoffter Stelle. Als ich wieder einmal die an der vorhergehenden Nacht erstellten Aufnahmen des Teleskops der Sternwarte routinemäßig überprüfte, konnte ich nicht im geringsten ahnen, was ich da entdecken würde. Ich bemerkte auf einem Bild ein kleines, leicht nebelartiges Objekt, welches mit keiner Galaxie identisch zu sein schien, so dass ich vermutete, es könnte ein Kometen sein. Sofort überprüfte ich die Liste aller zur Zeit sichtbaren Kometen, doch fand in dieser keinen, der sich in dem untersuchten Himmelsareal aufhielt, so daß ich annahm, einen neuen Kometen entdeckt zu haben. Um dies zu bestätigen und um seine Bahn zu bestimmen, prüfte ich noch einige ältere Aufnahmen, ob sie das Objekt zeigten. In der Tat war das Objekt auch auf zwei Aufnahmen, welche vor 3 und 6 Tagen erstellt worden, abgelichtet und so war für mich klar, es war tatsächlich ein noch unbekannter Komet. Auffallend war, dass er sich in der kurzen Zeit kaum bewegt hat, worauf ich auf eine große Sonnenentfernung schloß. Mir schoss durch den Kopf, was der wohl für eine Pracht abgeben dürfte, wenn der an der Sonne vorbeifliegen dürfte, denn das Kometen in so großer Sonnenentfernung entdeckt werden, ist nur sehr selten der Fall. Daher wollte ich sofort seine Bahndaten ermitteln und veranlasste den Computer, auf dem die Daten gespeichert waren, aus den drei ermittelten Positionen eine Bahn zu ermitteln und auch gleich die minimalen Erd- und Sonnenabstände zu berechnen. Doch als ich die Daten sah, ließ ich an der Richtigkeit der Berechnung Zweifel aufkommen. Denn nach ihr würde er den sonnennächsten Punkt in 3 Jahren und 2 Monaten und 58 Tage später den Erdmittelpunkt in 2000 Kilometer Entfernung passieren. Da unsere Erde aber einen Radius von 6371 Kilometern hat, hieße dies, er würde auf der Erde aufschlagen und eine unvorstellbare Katastrophe auslösen. Aber naturgemäß war die aus den Beobachtungen ermittelte Bahn noch sehr ungenau und mit Sicherheit fehlerhaft. Doch das war mir jetzt auch unwichtig, denn ich wollte meinen Entdeckerruhm sichern und meldete unverzüglich meine Entdeckung an die Internationale Astronomische Union (IAU), die weltweite Dachorganisation der Astronomie und einigen Fachzeitschriften.

Schon komisch, dachte ich mir: da hat man einmal im Leben das Glück einen Kometen zu entdecken und dann entdeckt man einen, welcher der Menschheit das Ende bereiten kann. Dies ging mir auch daheim, als ich mit meiner tierischen Freundin Mira, der Nachbarskatze, die mich regelmäßig besuchte, schmuste, nicht aus dem Sinn. Natürlich wollte ich mehr über die Bahn des Kometen in Erfahrung bringen, doch leider konnte ich in den folgenden Tagen wegen schlechten Wetters keine Beobachtungen durchführen. Nach einer Woche erhielt ich Post von der IAU. In dem Brief war zu lesen, dass der Komet meinen Namen tragen wird. Astronomen an anderen Sternwarten konnten, da sie mehr Glück mit dem Wetter hatten, meine Beobachtung bestätigen. Doch leider schien auch zu stimmen, dass der Komet die Erde treffen wird. Mein Gott, dachte ich nur: jetzt bin ich ein berühmter Mann, aber warum nur für die Entdeckung des möglicherweise größten Killers der Menschheit! Warum wurde mir nicht der Ruhm zu Teil etwas anderes zu entdecken, wie die erste außerirdische Zivilisation? Doch halt, ging mir sofort durch den Kopf: wir sollen froh sein, dass wir ihn jetzt so lange vor seinen möglichen Einschlag auf der Erde bemerkt haben, denn so besteht durchaus eine Möglichkeit, um ihn zum Beispiel mit Atombomben auf eine andere Bahn zu lenken. Freilich war so was noch nie erprobt worden und auch die Unzuverlässigkeit vieler Raketensysteme ließen mich sehr am Erfolg dieser Maßnahme zweifeln, aber es war die einzige Möglichkeit, den Kometen abzuwehren. Ich rief ganz entnervt bei dem Vertreter der IAU, der mir den Brief zustellte an, ob man die Entdeckung an die UN und Militärs weitergeleitet hat. Man teilte mir mit, dass die UN benachrichtigt wurde, aber man noch keine Antwort erhalten habe. Am nächsten Tag kamen zwei schwarz bekleidete Herren zu mir ins Büro auf Besuch. Sie sagten, sie hätten in der Fachzeitschrift gelesen, dass ein Komet auf der Erde einschlagen werde und daß sie alle Unterlagen bezüglich des Kometen aus meinem Büro mitnehmen müßten. Ich war ganz perplex, denn bis jetzt waren Kometen noch nie etwas über das man nichts publizieren darf. Zum Glück hatte ich Sicherheitskopien angefertigt, so dass ich den Männern, die mich drohten zu verhaften, falls ich die Unterlagen nicht herausrücken würde, die entsprechenden Daten, wenn auch mit grimmiger Miene übergab. Auch wurde mir, falls ich etwas über den Kometen erzählen oder schreiben würde, mit Inhaftierung gedroht. So Pressefreiheit, das war es. Die denken doch, man kann diese Bedrohung geheim halten. Spätestens in 2,5 Jahren wird man den Kometen mit bloßem Auge sehen und was dann? Soll man dann den Leuten erklären, sie leiden unter einen kollektiven Halluzinationen, die man, welch Wunder auch fotografieren kann?

Am Abend jenes Tages fiel mir auf, daß in keiner Nachrichtensendung der Name irgendeines Staatsmanns genannt wurde, was es sonst nie gab. Denn in der Tat wurde meine Entdeckung an die Vereinten Nationen weitergeleitet, welche eilends eine streng geheime Krisensitzung veranlaßte, die man, um jeden Verdacht auszuschließen, nicht in New York oder Genf, sondern auf einem großen Militärgelände in Nevada durchführte. In dieser Sitzung ging es darum, Strategien zu entwickeln, wie die Bedrohung durch den Kometen abgewehrt werden könnte. Die Atommächte USA, Russland und China erklärten sich sofort bereit, den Kometen mit Atombomben zu beschießen. Doch was, wenn es nicht gelingt, den Kometen abzuwehren? Um zumindest einen gewissen Anteil der Bevölkerung ein Überleben zu ermöglichen und um strategisch wichtige Güter für den Wiederaufbau in Sicherheit zu bringen, sollten in möglichst vielen Ländern riesige unterirdische Bunkeranlagen angelegt werden. So schön, so gut, doch da gab es noch ein Problem: der Bau solcher Anlagen läßt sich nicht geheim halten, nicht nur, weil er viele Arbeitskräfte benötigt, sondern auch, weil er mit umfangreichen Erdbewegungen und Verkehr verbunden ist. Aber auch für dieses Problem fand sich eine interessante Lösung: die Bunker sollen als Teil eines zukünftigen unterirdischen Schnellbahnsystems ausgegeben werden, bei der Magnetschwebebahnen in luftleer gepumpten Tunneln praktisch verlustfrei mit Geschwindigkeiten, welche die der schnellsten Jagdflugzeuge weit übertreffen, verkehren. In der Tat gibt es schon seit den 1920er Jahren zahlreiche einschlägige Studien. Und wenn die Katastrophe ausbleibt, dann können die Tunnel immer noch hierfür verwendet werden...

Mir ging in diesen Tagen immer durch den Kopf, daß uns die Obrigkeit die Existenz des von mir entdeckten Kometen und seines in wenigen Jahren stattfindenden Einschlag verheimlichen will und hierbei wahrscheinlich keine Methode außer Acht lassen würde, auch wenn sie noch so lächerlich wirkt. Aber was soll es, ich habe sowieso keine Möglichkeit auf diesen Himmelskörper Einfluß auszuüben.

Nach 2 Tagen kam in den Nachrichten eine unerwartete Meldung: alle Staaten der EU werden zur Lösung der Verkehrsprobleme mit dem Bau eines unterirdischen Magnetbahnsystems beginnen, bei dem mit Druckkabinen ausgerüstete Magnetbahnfahrzeuge in luftleer gepumpten Tunneln verkehren werden. Ich und viele andere Leute dachten, dies sei ein verspäteter Aprilscherz, doch als schon 2 Wochen später der erste Spatenstich erfolgte, wurde ich eines besseren belehrt. Ich war schon immer ein Fan dieser Technik und bedauerte es sehr, nie mit dem Transrapid auf der Teststrecke in Lathen gefahren zu sein und hätte diese Bahn gerne als Verkehrsmittel im Einsatz gesehen. Als man Ende der 1990er Jahre alle einschlägigen Planungen in Deutschland aufgab, empfand ich dies als technologischen Niedergang. Und jetzt diese Kehrtwende?

Doch nicht nur in den Staaten der EU, auch in Nordamerika, Rußland, China und Japan und einigen anderen Ländern wurde mit dem Bau derartiger Tunnel begonnen. Was aber nachdenklich hätte machen sollen, war, daß deren Bau ganz ohne zeitaufwendige bürokratische Maßnahmen, wie Planfeststellungsverfahren, in Angriff genommen wurde und daß jegliche Aktionen, die den Bau der Röhren behindern würden, mit Haftstrafe geahndet werden können. Man erklärte ersteres damit, daß die Tunnels wegen der hohen Geschwindigkeit der Bahnen absolut geradlinig angelegt werden müßten und es da keine Kompromisse geben darf und letzteres damit, daß der Bau aus technischen Gründen nie ruhen darf.

Zu dieser Zeit fragten mich meine Freunde, was es mit den Kometen, den ich entdeckt hatte, auf sich hat und ob er wirklich die Erde zerstören werde. Für mich war das stets ein sehr unangenehmer Gesprächsstoff und immer beendete ich die Diskussion damit, dass ihn die Amerikaner und Russen schon mit ein paar Atomsprengköpfen ablenken werden, wenn es ernst werden sollte. Gut, dass viele meiner Freunde nicht gut mit der Astronomie bewandert waren.

Viel lieber sprach ich über die in Bau befindlichen Magnetbahnstrecken. Ich erzählte ihnen, daß wir, wenn diese Bahnen fahren werden, Tagesausflüge bis an die entlegendsten Winkeln von Europa durchführen können.

In dieser Zeit, wo ich einerseits Angst vor der Zukunft hatte, aber mich erstmals seit vielen Jahren wieder auf diese freute, pflegte ich intensiv meine Freundschaft zur Nachbarskatze Mira, mit der ich gern in meiner Freizeit spielte und die ich auch oft mit Katzenfutter und anderen Leckereien verwöhnte. Doch waren nicht alle Leute so gut zu dieser Katze, denn Mira bediente sich immer wieder an Buletten, welche Hausfrauen zum Auskühlen auf die Terrasse stellten. Sie liebte es sich mit einen dieser Fleischküchlein im Maul zu einem schattigen Ort zu begeben, was mitunter auch ein Auto war. Und dies wurde ihr dann zum Verhängnis, denn eines Tages lag sie nachdem sie ein Fleischküchlein gemopst und verzehrt hatte, wieder schlafend unter dem Auto von Frau Maier, welche als notorische Tierhasserin bekannt war. An einem sonnigen Samstagnachmittag hielt ich mich im Vorgarten auf und schnitt ein paar Blumen ab, als Frau Meier nichtsahnend in ihr Auto stieg, obwohl Miras Schwanz gut sichtbar auf den Abstellplatz hervorragte. Ich wollte noch Mira verscheuchen, doch leider war das Unglück schon passiert: Mira war tot – von Frau Maiers Auto plattgefahren. Als sie ausstieg und das sah, sagte sie nur: „Endlich ist der Bulettendiebstahl zu Ende!" Ich sagte in energischem Ton zu ihr, dass Mira auch ein Recht zu Leben gehabt hätte, dass sie mehr war als nur ein Bulettendieb und dass ihr

doch Miras Unsitte bekannt war, sich immer wieder unter Autos zu legen. Sie erwiderte, dass Mira nichts auf ihrem Grundstück zu suchen hätte, worauf ich antwortete, dass sie doch ihr Grundstück einzäunen sollte. Frau Maier keifte zurück, daß ich ganz leise sein soll, weil mein Komet uns alle sowieso umbringen wird. Ich sagte ihr nur, daß dies nicht mein Komet ist und daß ich dann auch dran glauben muß und brach die Diskussion ab. Gut, Mira war nicht meine Katze, dachte ich und ging ins Haus, wo ich Miras Besitzerin anrief und ihr erzählte, was passiert sei. Wenig später erschien sie im Vorgarten von Frau Maier und es gab einen heftigen Streit zwischen beiden Frauen. Der Streit war so laut, dass ich trotz geschlossener Fenster jedes Wort verstanden habe.
Nun gab es leider keine nette Katze mehr zum Knuddeln. Zuerst war ich sehr traurig, doch dann dachte ich mir, was soll es, denn bald ist sowieso höchstwahrscheinlich unser Leben zu Ende. Es gab neben den potentiellen Einschlag des Kometen nur eine Sache, welche ich fürchtete und zwar den Besuch meiner Schwester. Nicht, dass ich Angst vor ihr hatte, nein, es waren ihre extrem ungezogenen Kinder, welche ich nicht mochte, denn wenn diese kamen, hieß es alles, was einen lieb war, gut zu verstecken. Und so ein Besuch stand mal wieder an und das nervigste war, ausgerechnet zu Weihnachten. Was soll ich nur schenken, ging mir durch den Kopf. Ich entschied mich dafür, meiner Schwester ein Porzellanservice, ihren beiden Söhnen je ein kleines Buch zur Einführung in die Astronomie und ihrer Tochter, welche gern ritt, ein lustiges Pferdebuch, in dem

die Reiterei auf die Schippe genommen wird, zu
schenken und einen großen Christbaum zu be-
schaffen.Doch mit dem Baum hatte ich einigen
Ärger. Er passte einfach nicht in den Ständer. Erst
nachdem ich ihn etwas gekürzt hatte, stand er
halbwegs fest. Dann schmückten wir den Baum.
Er war wirklich eine Pracht. Schließlich kam die
Zeit zur Bescherung. Ich sagte ihren Kindern,
dass sie erst aus ihren Zimmern kommen dürfen,
wenn ich mit der Glocke komme und räumte die
Geschenke unter den Baum. Doch musste ich,
kurz nachdem ich damit fertig war, die Toilette
aufsuchen, was der jüngste Sohn meiner Schwester ausnutzte und von mir unbemerkt zum
Christbaum wetzte. Doch dann gab es plötzlich
einen Schlag: der Christbaum war umgestürzt!
Dann war ein lautes Schreien zu hören: ihr jüngster Sohn lag unter dem Baum. Er hat wohl an einer Christbaumkugel gezogen, wobei der Baum
umfiel und ihn unter ihm begrub. Ich hob sofort
den Baum an und legte ihn zur Seite, was wegen
seines hohen Gewichts alles andere als einfach
war. Während sich meine Schwester um ihren
verletzten Sprößling kümmerte, rief ich einen
Krankenwagen, der auch ziemlich schnell kam.
Als wir den Sanitätern erzählten, was passiert ist,
waren sie ziemlich erstaunt, denn so ein Unfall
war ihnen noch nie zu Ohr gekommen!
Meine Schwester machte mich, nachdem der
Krankenwagen abgefahren ist, zuerst einmal zur
Schnecke, doch erklärte ich ihr, dass ich auch mal
auf die Toilette muß und dass ich ja nicht ahnen
könnte, wie ungezogen ihr jüngster Sohn wirklich
ist. Dann zeigte ich ihr das für sie vorgesehene

Geschenk, das Porzellanservice. Doch beim Auspacken stellte sich heraus, dass dieses, bis auf eine einzige Tasse, in Scherben lag. Ich meinte nur, dass hast Du von Deiner schlechten Erziehung, worauf sie wieder zu toben anfing. So war es wieder: das Weihnachtsfest, das Fest der Liebe war zum Fest des Streits geworden! Mitten in diesen Streit kam ein Anruf vom Krankenhaus, in dem die Ärzte mitteilten, dass der verletzte Sohn meiner Schwester eine leichte Gehirnerschütterung, Prellungen am Rücken und Schnittwunden davon trug und dass er am ersten Tag nach Weihnachten wieder entlassen werden kann. Jetzt kehrte langsam Ruhe ein. Doch irgendwie war mir die Lust an Weihnachten vergangen. Es ging ihr genau so und sie wollte sobald ihr Sohn aus dem Krankenhaus entlassen wurde, wieder nach Hause fahren. Sie fragte mich natürlich auch, was es mit dem Kometen auf sich hat, den ich entdeckt hatte und der die Erde treffen soll. Da sie sich nicht mit Astronomie auskennt, erklärte ich, dass dies alles nur ein Gerücht sei und dass man dies erst zu einem späteren Zeitpunkt sagen könne. Auch ihr freches Töchterlein hat dies schon mitbekommen und fragte mich, was ein Komet ist. Ich erklärte ihr, dass ist ein Schneeball, der durchs All treibt und langsam auftaut. Dann fragte sie, was passiert, wenn uns so ein Schneeball trifft. Meine Antwort darauf war, dass wir ihn dann eine Rakete entgegenschicken, die ihn kaputt macht. Zum Glück kann man Kindern noch so manches erzählen!
In der nächsten Zeit bestand meine Aufgabe in der Sternwarte darin, alte Fotoplatten zu digitali-

sieren und dann nach möglichen Asteroiden und
Kometen zu durchsuchen und wenn möglich zu
identifizieren. Hierzu entwickelte ich ein vorhandenes Computerprogramm weiter. Es wäre schon
interessant gewesen, wenn „mein" Komet auch
auf älteren Platten aufgetaucht wäre, doch mir
war klar, dass dies ein Wunschtraum bleiben dürfte, denn solche Kometen haben Umlaufperioden
von mehreren Jahrtausenden.
Inzwischen waren schon zahlreiche Tunnels im
Bau. Auf den meisten Baustellen gingen die Arbeiten ohne nennenswerte Zwischenfälle voran,
doch gab es auch Ausnahmen, denn in Folge falscher geologischer Annahmen stürzte in einer
mitteldeutschen Stadt ein Tunnel ein, wobei das
Finanzamt zerstört und einige Wohnhäuser
schwer beschädigt wurden. Während dieser Vorfall in weiten Teilen Deutschlands wegen des zerstörten Finanzamts mit gewisser Ironie betrachtet
wurde, formierten sich in der Stadt einige Bewohner, um gegen den Weiterbau des Tunnels zu protestieren. Obwohl die Demonstration friedlich
verlief, wurde sie schon nach einigen Warnungen,
die von den meisten Demonstranten nicht ernst
genommen wurden, von der Polizei mit Wasserwerfern aufgelöst, wobei einige Personen verletzt
wurden. Anschließend erfolgten zahlreiche Verhaftungen von Teilnehmern der Demonstration.
Der einzige Kommentar der Ordnungskräfte zu
diesem Vorfall war, daß die Baustelle gesichert
werden muß. Einer der Verletzten verklagte die
Ordnungshüter wegen Körperverletzung. Er erhielt bei dem Prozess Recht und als Entschädigung ein Schmerzensgeld, gleichzeitig wurde er-

klärt, daß jegliche zukünftige Protestaktionen gegen den Bau der Tunnel illegal seien und daß gegen alle Beteiligten solcher Proteste grundsätzlich mit aller Härte des Gesetzes vorgegangen werde. Bald war wieder Urlaubszeit: im Unterschied zu den meisten Menschen zog es mich in dieser Zeit nicht nach Süden, sondern in die entgegegesetzte Richtung und zwar nach Norwegen: aber nicht um dort zu wandern oder das Land anzuschauen, obwohl ich durchaus alles, was auf der Reiseroute lag und mich interessierte, so gut wie möglich besichtigte, sondern um ehrenamtlich für das „Hessdalen-Projekt" tätig zu sein. Das Hessdalen-Projekt ist eine Organisation, die sich mit der Erforschung eines bisher noch nicht geklärten Leuchtphänomens beschäftigt, welches gelegentlich im Hessdalen-Gebiet in Norwegen zu sehen ist. Zu diesem Zweck errichtete dort das Hessdalen-Projekt eine automatische Überwachungsstation, die mit Kameras und anderen Geräten ausgestattet ist. Obwohl diese Station einige Hinweise auf ein ungeklärtes Phänomen im Hessdalen-Gebiet lieferte, glaubten immer noch die meisten Wissenschaftler nicht an die Möglichkeit der Existenz einer unbekannten Naturerscheinung im Hessdalen-Gebiet und hielten die Objekte für irgendwelche Reflexe. Klar, denn das Phänomen, welches vielen UFO-Erscheinungen ähnelte, passte in keine bekannte Kategorie. Ich aber war fest davon überzeugt, dass es für die Menschheit von größter Bedeutung ist, diese Erscheinung zu verstehen. Natürlich war mich auch klar, dass bis dorthin ein weiter Weg ist: schließlich konnte Alessandro Volta mit seinen Froschschenkelexperimenten

auch nicht ahnen, welche enorme Bedeutung
einmal die Elektrizität im Leben haben wird.
Schon seit mehreren Jahren arbeitete ich hierbei
mit Herrn Brönsen, einen norwegischen Astro-
physiker zusammen. Letztes Jahr schlug ich ihn
ein Experiment vor, bei dem eine mit Meßgeräten
bestückte Rakete direkt in das Objekt hinein abgefeuert werden sollte. Als er davon hörte, war er
von meinem Vorhaben sehr begeistert und wollte
sich sowohl finanziell als auch durch Lieferung
von Meßgeräten an den Vorhaben beteiligen.
Doch kurz bevor eine entsprechende Vereinba-
rung zu Stande kam, wurde Herr Brönsen zur
Südsternwarte nach Chile versetzt, so daß er für
längere Zeit nicht mehr am Hessdalen-Projekt
mitarbeiten könnte und auch das Institut, an dem
er arbeitete, unterstützte nicht mehr das Hessdalen-Projekt. Dies war für alle Beteiligte ein hefti-
ger Schlag, doch ich kam zu der Erkenntnis, daß
ich in der Lage sein müßte, eine derartige Rakete,
wenn auch mit einfacherer Ausrüstung, ohne dessen Unterstützung bauen zu können und so machte ich mich ans Werk.
Als Rakete wählte ich einen Bausatz für ein
Highpower-Modell, wie es auch professionellere
Modellraketenbauer in der Schweiz und in Polen
verwenden, welches durch kommerziell erhältli-
che Treibsätze, die in den Raketenkörper einge-
schoben werden, angetrieben wird. Aus theorhe-
tischen Überlegungen ging ich davon aus, daß in
den zu untersuchenden Objekten intensive Ener-
gieumwandlungen stattfinden, weshalb ich die
Rakete neben einer Kamera auch mit einem Geigerzähler, einem Infrarotspektrmeter und einem

16

Gerät zur Messung der Ionenkonzentration ausgerüstet habe. Gern hätte ich auch ein Massenspektrometer eingebaut, was aber aus Kostengründen nicht möglich war. Die Meßdaten wurden sowohl per Funk übertragen als auch an Bord in einem Chip gespeichert. Die Rakete selbst ist wiederverwendbar; sie kehrt nach vollbrachter Mission an einem Fallschirm zur Erde zurück. Bevor ich die Meßgerte einbaute, beschloß ich die Rakete ohne Nutzlast mit entsprechendem Ballast zu testen. Leider war mir dies in Deutschland aus rechtlichen Gründen nicht möglich und ich mußte hierfür einen Flugtag von Modellraketenfreunden in der Schweiz abwarten, wo ich den Test durchführen konnte, der einwandfrei verlief. Als ich anderen Teilnehmern von meinem Plan erzählte, erntete ich von fast allen verwunderte Blicke, doch wünschte man mir viel Erfolg. Nach diesem Flug beantrage ich sofort die luftrechtliche Genehmigung bei der norwegischen Luftaufsichtsbehörde, um sie auf alle Fälle zum festgesetzten Zeitpunkt zu erhalten. Es schien erst zu sein, daß mir diese verweigert würde, doch dann, zwei Tage bevor ich mit meinem Wohnmobil nach Norwegen aufbrach, traf das ersehnte Dokument bei mir ein. Meine Freude war grenzenlos, denn ich erhoffte jetzt endlich die ersehnten Forschungen durchführen zu können, für die ich vielleicht sogar einen Nobelpreis erhalten könnte. Aber dann ging mir wieder der Komet durch den Kopf. Ich wollte, ich wüßte eine Methode wie man ihn umlenken oder sonst unschädlich machen könnte. Doch mir war klar, wenn dies gelingen kann, dann nur mit den stärksten

Atombomben der Welt, weil diese im Unterschied zu anderen Technologien, wie Materiebeschleunigern erprobt sind und auch „gebrauchsfertig" in den Weltraum geschossen werden können. Noch war von den Komet in den Medien nicht die Rede, als ich in Hessdalen meine Apparatur zum Start der Rakete aufbaute. Sie bestand neben der eigentlichen Startvorrichtung und der Rakete aus zwei Kameras in einem genau definierten Abstand, welche das unbekannte Objekt orten und dessen Entfernung bestimmen sollten. Ein Breitbandempfänger überwachte die Radiostrahlung, denn mir war bekannt, dass das unbekannte Leuchtphänomen eine starke Quelle breitbandiger Radiosignale war. Da nur das besagte unbekannte Leuchtphänomän eine derartige Strahlung aussendet, konnte wirksam sichergestellt werden, dass die Rakete nicht auf irgendeinen Lichtreflex oder gar ein Flugzeug abgefeuert würde. Die Startvorrichtung selbst war als dreh- und schwenkbare Lafette ausgefürt, die sich zum Schutz vor schlechten Wetter in einem fahrbaren Häuschen befindet. Dieses wurde, sobald eine Leuchterscheinung, die auch breitbandige Radiostrahlung emittiert, gemeldet wurde, zurückgefahren. Dann wurde die Lafette auf das Objekt ausgerichtet und die Rakete gestartet.
Ich war sehr ungeduldig und hielt mich daher am liebsten im Kontrollstand auf, obwohl die Rakete vollautomatisch abgefeuert werden konnte. Und da schon nach 2 Tagen war es so weit. Meine Rakete startete in Richtung auf das unbekannte Objekt, was von der Rakete zu fliehen schien. Ich wünschte mir inbrünstig, dass es stehen bleiben

sollte und zu meiner eigenen Überraschung blieb
es stehen und die Rakete flog knapp dran vorbei.
Wenig später ging der Fallschirm der Rakete auf.
Er war leicht angekokelt. Sofort machte ich mich
dran die Daten zu sichten. Das Ergebnis war fas-
zinierend: das Objekt schien eine unheimlich starke Quelle von Gammastrahlung zu sein und ioni-
sierte die Luft komplett herum. So etwas ahnte
ich schon zuvor, weshalb ich die Elektronik gut
abschirmte. Andernfalls hätte ich keine Daten erhalten. Wenn man bloß dieses Objekt einfangen
könnte, dann hätte man eine tolle Energiequelle.
Doch wie fängt man dies ein? Ich hatte keine Ahnung, aber eine Idee wie es gehen könnte: in dem
ich es mit der Rakete harpuniere. Und wenn ich
in das Seil noch ein Kabel integriere, dann könnte
ich auch messen, wie das Objekt reagiert, wenn
man Elektrizität durch es hindurchschickt.Sofort
machte ich mich daran, meine Ideen zu realisieren, obwohl ich für ein derartiges Experiment
weder eine luftrechtliche Genehmigung besaß,
noch eine Absprache mit anderen Mitarbeitern
des Hessdalen-Projekts traf. Doch weil das ganze
Experiment fernab von menschlichen Siedlungen
auf nahezu vegetationslosen felsigen Boden aufgebaut war, hielt ich dessen Durchführung für
verantwortbar. Ich versah die Rakete mit einer Ei-
senspitze mit Widerhaken und befestigte an ihr
ein dünnes Stahlseil, welches auf einer Kunst-
stoffrolle aufgerollt war. Zwischen Erde und den
Ende des Stahlseils schaltete ich ein Strommeß-
gerät. Den ursprünglichen Plan über ein in dem
Harpunenseil integriertes Kabel Strom in das Objekt zu schicken, konnte ich mangels geeigneten

Seils nicht realisieren, doch versprach auch diese
Konfiguration interessante Ergebnisse. Ich war
ganz enthusiastisch bei meiner Arbeit und obwohl
meine Werkstatt in einem schäbigen Holzschup-
pen in Norwegen lag fühlte ich mich irgendwie
wie Captain Kirk. Schließlich war die Rakete mit
der neuen Ausrüstung wieder startklar, doch zeigte sich in der mir verbleibenden Urlaubszeit kein
weiteres Leuchtphänomän, so daß ich ohne einen
zweiten Start durchführen zu können, wieder
nach Hause fuhr. Daheim angekommen fand ich
endlich Zeit, Herrn Brönsen eine e-Mail zu
schreiben, in der ich über den Flug meiner Rakete, den mit ihr durchgeführten Messungen und
meinem Vorhaben, das Leuchtphänomän zu harpunieren, berichtete. Er gratulierte mir zu meinen
Erfolg, doch warnte mich eindringlich ohne Nen-
nung von Gründen davor, den geplanten Versuch
durchzuführen. Ich fragte nochmal nach, warum
ich dies nicht machen sollte, doch lautete seine
Antwort nur, daß dies „unabsehbare Konsequenzen für mich“ hätte. Allen anderen Mitarbeitern
des Hessdalen-Projekts war kein Grund hierfür
bekannt, was mich ermutigte als nächstes die
Harpunierung des Objekts durchzuführen.
Langsam machte sich eine Unruhe in der Bevölkerung breit, denn der Umstand, dass möglicherweise ein großer Komet die Erde treffen wird,
war allmählich nicht mehr zu leugnen, obwohl
die Medien alles daran setzten, dies zu tun. An
den kurz nach der Entdeckung des Kometen be-
schlossenen Abwehrmaßnahmen, welche den
Start von atombombentragenden Raumflug-
körpern vorsahen, um den Komet von der Erde

abzulenken oder zu sprengen, wurde in diversen Ländern schon unter Hochdruck gearbeitet. Um die Bevölkerung nicht zu beunruhigen, bezeichnete man diese als Forschungsflugkörper, obwohl sie alle unter militärischer Verwaltung standen und in Wirklichkeit superstarke Wasserstoffbomben waren. Eigentlich hätte jeder Mensch, der das Geschehen in der Raumfahrt verfolgte, misstrauisch sein müssen, denn plötzlich waren gigantische Budgets für „Kometenforschung durch Raumsonden" verfügbar, was früher nie der Fall war. Aber nur die wenigsten Menschen dachten so weit. Und es wurde stolz in den Nachrichten gezeigt, wie die Amerikaner ihre „Yasper" und die Russen die „Sukhov" ins All schossen. Was mir sofort auffiel, war, dass in beiden Fällen die stärksten verfügbaren Raketen verwendet wurden, was für eine so schnell vorbereitete Raumsondenmission sehr ungewöhnlich ist. Denn beide Flugkörper waren, was man verschwieg, keine herkömmlichen Raumsonden, sondern riesige Atomsprengköpfe mit ein paar Messinstrumenten und Kameras. Der Grund hierfür war nicht nur die Vermeidung von Panik, sondern auch der Umstand, daß es durch ein internationales Abkommen von 1963 untersagt ist, Atombomben im Weltall zu zünden. Natürlich wurde dieser Vertrag für den Zeitraum der Bedrohung ausgestzt, was aber streng geheim blieb. Bemerkenswert war, daß die amerikanische Bombensonde „Yasper" erstmals, um die Nutzlast zu vergrößern und die Flugzeit zu verkürzen die atomar angetriebene Oberstufe „Timberwind" verwendete, die in den 1980er Jahren für das SDI-

Programm entwickelt wurde, aber nie im Flug getestet wurde. Hätte die Öffentlichkeit davon gewusst, hätte es womöglich heftige Proteste gegeben. Um der Öffentlichkeit weiß zu machen, dass diese Flugkörper trotzdem normale Raumsonden seien, veröffentlichte man einige Bilder von Erde und Mond, welche diese Raumflugkörper machten.

Auf der Erde lief währenddessen der Bau der als Tunnel bezeichneten Bunker weiter. Es wurde immer noch behauptet, daß sie für ein zukünftiges Hochgeschwindigkeitsbahnsystem dienen sollen, doch kamen vermehrt Zweifel auf, weil manche Stationen und Strecken keinen Sinn machen. Doch nicht nur aus diesem Grund nahm die Zahl der Leute, welche den offiziellen Nachrichten nicht mehr trauten, immer mehr zu, denn zahlreiche Berechnungen der Kometenbahn, welche an Hand von Beobachtungen von Volkssternwarten und besser ausgerüsteten Amateuren gemacht wurden, machten die Runde und nach diesen war ein Volltreffer zu erwarten. Und auch der Durchmesser des Kometen, der offiziell mit 2 Kilometer angegeben wurde, schien nach diesen inoffiziellen Beobachtungen mindestens 20 Kilometer zu betragen. Natürlich waren die offiziellen Stellen bei den Dementi nicht verlegen und bezeichneten alle Amateurbeobachtungen als fehlerhaft, weil sie manche Einflüsse nicht berücksichtigt hätten. Doch wurde nie mitgeteilt, was diese Einflüsse waren und wählte den Mantel des Schweigens. Man versuchte so gut es ging das Thema Komet aus dem öffentlichen Bewusstsein zu verdrängen. Irgendwie fühlte ich mich als

Sternwartenmitarbeiter, der jetzt den Auftrag hatte, nach helligkeitsvariablen Quasaren zu suchen, total verkaspert, aber das war man von unseren Medien schon gewohnt. Obwohl ich mich jetzt nicht mehr, um die Suche und Beobachtung von Kometen kümmern sollte, beobachtete ich hin und wieder, wenn es Zeit und Wetter zuließen, den von mir entdeckten Kometen. Sowohl seine Helligkeit, als auch seine Bahn entsprachen immer den berechneten Werten.

In den Wintermonaten bastelte ich noch an meiner Rakete mit der ich die unbekannten Flugobjekte über Hessdalen harpunieren wollte. Sie erhielt noch ein Strahlungsmessgerät im Kopf. Auf einer Faschingsparty staunte ich nicht schlecht, als mein Komet Teil eines Stimmungsliedes geworden war. Leider wäre ich beinahe auf dieser Party ein Opfer eines tätigen Angriffs geworden, nachdem ich dort einen alten Freund traf und ihn von meiner Entdeckung erzählte. Dies muss aber, obwohl es nicht sehr leise war, auch so ein betrunkener Idiot gehört haben, der auf einmal auf mich zuging und mich anschrie: "Du Idiot! Du willst uns mit Deinen Kometen alle umbringen!" Zuerst blieb ich stumm. Doch dann ging dieser Idiot auf uns los und ich erwiderte: „Ich habe den blöden Kometen nicht gemacht, sondern nur entdeckt. Den schlagen wir in die Flucht!" Doch der Kerl versuchte mich anzugreifen. Nun bin ich als langjähriger Tänzer wesentlich fitter und gelenkiger, als ich aussehe und so konnte ich seine Arme packen bevor er zuschlagen konnte. Mein Freund half mir dabei. Inzwischen kamen schon die Saalordner und führten

uns zum Eingangsbereich, wo ich genau den Sachverhalt erklärte. Sie verwiesen den Angreifer aus dem Saale. Ich und mein Freund durften bleiben, doch war meine Feierlaune verflogen, so dass wir vorzeitig gingen. Ich habe ja schon von vielen Idiotien gehört, aber dass jemand so blöd sein kann, den Entdecker eines Kometen für dessen Flugbahn verantwortlich zu machen, dass ging mir nicht aus dem Kopf.
Zum Glück blieb es bei diesen Übergriff. Trotzdem vermied ich es über den Kometen zu reden, wenn die Gefahr bestand, dass manche Leute irgend etwas falsch verstehen würden. Ein paar Wochen später schrieb ich Herrn Brönsen in einer e-Mail, daß ich in diesen Sommer mein Experiment zur Harpunierung des Leuchtphänomäns durchführen wolle und übermittelte ihn eine genaue Beschreibung desselben. Wieder warnte er mich vor dessen Durchführung, er gab mir aber wieder keinen Grund an, warum ich es unterlassen sollte. Ich überlegte, ob ich es abblasen sollte, da erhielt ich von einem anderen Kollegen des Hessdalen-Projekts die Meldung, daß er bei einem Freund, der alte Militärgerätschaften sammelt, einen alten Panzer als Unterstand ausleihen könnte. Ich war sofort mit dem Angebot einverstanden und so fuhr ich im Sommer wieder nach Hessdalen mit meiner Rakete im Gepäck. Wie im letzten Jahr baute ich wieder die Startrampe auf und verband das Zündgerät für die Rakete mit dem Computer, der nach sorgfältiger automatischer Analyse der Daten der Kameras und des Radiospektrometers den Befehl zum Start gab. Vorsichtshalber stellte ich den Computer im In-

nern des Panzers auf. Neben der Abschussrampe wurde ein Betonblock in den Boden eingebracht, auf dem die Rolle mit dem Seil montiert war, welches die Rakete hinter sich her ziehen sollte. Die Seillänge betrug 300 Meter. Ich konnte es kaum erwarten, bis endlich ein unbekanntes Objekt auftauchte. Doch dann am vorletzten Tag meines Aufenthalts in Norwegen war es so weit. Ein Feuerball erschien über der Messstation und löste den Zündbefehl aus, worauf die Rakete schnurstracks auf ihn zuschoss. Sie schien sich in der Tat in ihn zu verhaken. Der Feuerball stürzte glühend zu Boden und schlug mit lautem Knall auf. Das Strahlungsmessgerät der Station spielte verrückt. Zum Glück steht die Station in unbewohntem Gebiet und wird vollautomatisch betrieben, denn eine ungeschützte Person hätte im Umkreis von 50 Metern um die Absturzstelle den Strahlungsblitz wahrscheinlich nicht überlebt. Doch schien dieser Einschlag noch weitere Konsequenzen gehabt zu haben. Ich klagte plötzlich über einen hämmernden Kopfschmerz, als ob mir jemand eine Bratpfanne auf dem Kopf geschlagen hätte. Dann fühlte ich ein starkes Reißen in den Gliedern, was so lange der am Boden liegende Feuerball sichtbar war, andauerte.
Ganz benommen machte ich mich auf dem Weg zur Messstation. Die Explosion beschädigte das Dach derselben und riss eine Kamera vom Messmast auf dem Dach derselben. Da das Magnetometer in der Station verrückt zu spielen schien, nahm ich auch ein tragbares Magnetometer mit. Es zeigte ebenfalls starke Anomalien. Nach der Inspektion der Messstation machte ich mich auf

dem Weg zur Absturzstelle des Feuerballs, an der
außer einem Krater nichts zu sehen war. Hierbei
behielt ich stets meinen tragbaren Geigerzähler
im Auge, weil ich am Krater starke radioaktive
Strahlung erwartete. Und in der Tat zeigte der
Geigerzähler erhöhte, wenn auch nicht bedrohlich
hohe Strahlungswerte in der Nähe des Kraters, in
dessen Innern das Gestein anscheinend geschmol-
zen wurde und sich immer noch warm anfühlte.
Ich machte zahlreiche Bilder mit verschiedenen
Kameras und Notizen von dem Krater und rief
einen Kollegen des Hessdalen-Projekts an, der
gerade eine andere Meßstation betreute, um ihn
von meinem Experiment zu berichten. Er erzählte
mir, daß er die Explosion gesehen und gehört hat
und daß er plötzlich heftige Schmerzen im Kopf
und den Gliedern hatte. Letzteres verwunderte
mich sehr und mir kam in den Sinn, daß das Experiment doch mehr Konsequenzen hatte, als ich
dachte Auf einmal erschienen zwei Geländewä-
gen in der Ferne. Zuerst dachte ich, es waren nor-
wegische Forschungsgenossen, doch als aus diesen mehrere Männer mit einem Maschinengewehr
in der Hand ausstiegen, war mir klar, dass ich mit
meinen Experimenten wohl zu weit gegangen
war. Sie zwangen mich alle Aufzeichnungen und
die Kamera abzugeben und sofort das Gelände zu
verlassen. Sie eskortierten mich zu meinem
Wohnmobil, welches schon auf einem Tieflader
aufgeladen wurde. Ich müsse Norwegen umge-
hend verlassen und mir wurde strengstens untersagt noch einmal norwegischen Boden zu betre-
ten. Was mir besonders auffiel, war dass weder
an den Uniformen der Männer noch an ihren

Fahrzeugen irgendwelche Hinweise auf die Organisation zu finden waren, der sie angehörten. Ich wollte einlenken und zeigte ihnen meine Genehmigung für die Forschung mit Raketen im Gebiet von Hessdalen, doch es hieß nur, ab heute ist sie ungültig und das ganze Gebiet jetzt absolute Sperrzone. An der Grenze zu Schweden ließ man mich dann frei, gab mir aber unmissverständlich zu erklären, dass ich ernste Konsequenzen erfahren müsste, sollte ich je wieder nach Norwegen einreisen. So Freiheit, das war es. Ich glaube jetzt wird es verdammt ernst auf der Welt. Zum Glück hatten die Männer meine ultraschlanke Taschenkamera übersehen, so dass ich doch noch einige Fotos vom Krater retten konnte. Auf dem Rückweg machte ich noch einmal eine Rast am UFO-Denk-mal in Ängelholm, welches 1964 nach einer angeblichen UFO-Sichtung 1946 errichtet wurde. Als ich es sah dachte ich mir, man hätte jetzt endlich das Geheimnis dieser Erscheinungen klären können. Doch es schien noch weiter geheim zu bleiben. Noch auf der Rückreise schrieb ich Herrn Brönsen von einem Internetcafe aus eine e-Mail. Ich erhielt keine Antwort.

Unterdessen wurden weitere Flugkörper in Richtung des Kometen gestartet und zwar von den USA, Russland, China, Indien und der ESA. Über Design und Aufgabe wurden keine Details publiziert, doch, da in allen Fällen die stärksten verfügbaren Raketen zum Einsatz kamen, war klar, dass es Atombombenmissionen waren. Doch hierbei gab es einen Zwischenfall, denn bei der amerikanischen Mission „Aldrin" versagte die atomar betriebene Oberstufe, so dass diese auf der Parkbahn in 180 km Höhe strandete. Dies war eine sehr gefährliche Situation, denn dieser Orbit war nicht sehr stabil und die Rakete enthielt große Mengen flüssigen Wasserstoffs, der wegen seiner extrem tiefen Temperatur von −253 Grad Celsius nicht lange in den Tanks der Rakete gelagert werden konnte, so dass die Gefahr eines Absturzes mit radioaktiver Verseuchung bestand. Um dies abzuwehren, beschloss man eine Rakete mit einer Transferstufe an diese anzukoppeln und damit die gefährliche Ladung auf eine höhere und damit stabilere Umlaufbahn zu schießen. Doch konnte der Start nicht schnell genug vorbereitet werden und die „Aldrin" stürzte auf die Erde, zum Glück in die Weiten des Südpazifiks. Sofort sperrte man das entsprechende Seegebiet für alle Schiffe und entsandte spezielle Bergungsschiffe dorthin, doch war der Vorfall, da auch außerhalb dieses Seegebiets plötzlich erhöhte Radioaktivität auftrat, schwer zu verheimlichen. Auch hier war man um eine Ausrede nicht verlegen, in dem man erklärte, dass Wasser in eine Höhle eingetreten wäre, welche durch einen französischen Atomtest entstanden sein sollte. So schön und gut, doch fanden die französischen Atombombentests nicht weiter nördlich auf Mururoa statt? Auf diese oft gestellte Frage gab man nie eine plausible Erklärung, wodurch natürlich weiter das Vertrauen in die Politik schwand. Zeitgleich wurden in vielen Ländern immer strengere Repressalien gegen Wissenschaftsjournalisten, welche sich mit Astronomie beschäftigten und über Kometen schrieben, durchgeführt. Bei der Obrigkeit gerieten alle Print- und Funkmedien immer mehr in

Argwohn und man hätte gerne eine umfangreiche Zensur etabliert, wofür aber in den Ländern, welche die Pressefreiheit würdigten, keine rechtliche Grundlage existierte. Wie sollte man auch einen Notstand ausrufen, wenn es offiziell keine Bedrohung gab?

Der Komet selbst war inzwischen ein leichtes Feldstecherobjekt und die erste Sonde stand kurz davor den Kometen zu erreichen. Es wurden einige Bilder von der Mission, die dem Militär unterstand, publiziert. Dann hieß es die Sonde wurde durch einen Meteoriten zerstört. Doch konnte man kurz danach ein helles Aufblitzen auf dem Kometen sehen. Es war so hell, das es auch in einem Feldstecher zu sehen war. Die erste Atombombe zur Kometenabwehr war explodiert. In den Medien war natürlich nichts davon zu lesen, da hieß es lediglich ein Gasausbruch auf dem Kometen fand statt. Obwohl die Atombombe eine der stärksten war, die je von Menschenhand gebaut wurde, veränderte sie die Bahn des Kometen nur sehr wenig.

Eine Woche später, ich wollte einmal wie gewohnt, zum Tanzen ausgehen, geschah eine furchtbare Katastrophe: als ich mit meinem Auto einen Parkplatz, der ca. 100 Meter entfernt von meiner Lieblingsdiskothek lag, ansteuerte, zerriss ein ohrenbetäubender Knall, der aus der Richtung der Diskothek kam die Luft. Zahlreiche Trümmerteile flogen durch die Luft und ich ging hinter meinem Auto, dessen Windschutzscheibe zerstört wurde, in Deckung. Nach dem Knall rannte ich ganz verstört auf die Strasse, wo sich ein Bild des Grauens ergab. Dort wo die Diskothek stand, war nur noch ein brennender Trümmerhaufen. Leichenteile und Trümmer lagen auf der Strasse herum, auf der unzählige Verletzte herumirrten. Ich hatte keine Ahnung was los war und vermutete eine Gasexplosion in der Diskothek. Doch als ich mir den Trümmerberg genauer ansah, bemerkte ich einen großen Krater direkt davor, in dem sich die Überreste eines Lastwagens zu befinden schienen. „Da muss eine Bombe hochgegangen sein!", ging mir durch den Kopf und hörte auch schon die Sirenen herbeieilender Kranken- und Polizeiwagen. Pressevertreter waren auch schon zu Stelle und befragten die Unverletzten und leicht Verletzten. Schon wenige Stunden später traf bei einer Rundfunkanstalt ein Bekennungsschreiben ein. Hierbei bekannte sich eine Organisation, die sich „Freunde des Teufels" nannten, zu dieser furchtbaren Tat, bei der 95 Menschen starben. Und es sollte bald noch ein schrecklicherer Anschlag folgen: wie jedes Jahr so fand auch in diesem Jahr wieder der berühmte Pferdemarkt unter der Eisenbahnbrücke, ein relativ kleines, aber gut besuchtes Volksfest mit Bierzelt und Fahrattraktionen statt, welches ich auch schon öfters besucht habe und auch dieses Jahr besuchen wollte. Da ich erst am Abend mein Auto von der Werkstatt abholen konnte und ich noch ein paar Dinge daheim zu erledigen hatte, konnte ich erst recht spät aufbrechen. Kurz vor dem Ziel sah ich am Horizont einen hellen Schein, doch vermutete ich erst ein nicht angekündigtes Feuerwerk. Doch dann überholten mich zahlreiche Einsatzfahrzeuge mit Blaulicht, mehr als ich je erlebt hatte. Wenige hundert Meter vor dem Fest stand ein Poli-

zeiwagen quer auf der Fahrbahn, der nur Einsatzfahrzeuge durchließ. Da das Festgelände in einem
Tal liegt, konnte ich immer noch nicht sehen, was
los war, doch schien es so zu sein, dass da was
brennt. Aber was? Als ich abbog konnte ich durch
eine Baulücke sehen, dass das gesamte Veranstal-
tungsgelände in Flammen zu stehen schien. Ich
suchte einen geeigneten Platz anzuhalten und
stieg aus, um zu schauen, was wirklich geschah.
Es war der blanke Horror: ein Zug mit Kesselwa-
gen war von der Brücke auf das Festgelände ge-
stürzt und hat das gesamte Areal in Brand gesetzt.
Mir stockte der Atem! Wenig später erfuhr ich im
Radio, dass es mindestens 100 Tote gegeben hat.
Die Zahl der Toten erhöhte sich mit jeder Meldung. Am Ende waren es 1200 Tote und 11000
Verletze, von denen viele für den Rest ihres Le-
bens gezeichnet waren. Wieder gaben sich die
„Freunde des Teufels" als Urheber. Sofort began-
nen im Bundestag Debatten bezüglich der nationalen Sicherheit und obwohl die in den Debatten
vorgeschlagenen Maßnahmen nicht im geringsten
die Katastrophe hätte verhindern können, wurde
mit hoher Mehrheit eine Zensur der Medien und
umfangreiche Überwachungsmaßnahmen eingeführt.
Nach deren Einführung verschwanden die
„Freunde des Teufels" genau so schnell von der
Bildfläche, so wie sie aufgetaucht waren, was al-
lerhand Anlass zu Spekulationen gab. Es machte
schnell das Gerücht die Runde, die Anschläge
wurden von Geheimdiensten durchgeführt, um
endlich einen Anlaß für die Einführung einer all-
umfassenden Zensur zu besitzen. Freileich konnte

man dies, wenn man nicht im Gefängnis landen wollte, nur noch vor vorgehaltener Hand sagen. Der Komet war inzwischen zumindest bei klarer Nacht schon mit bloßem Auge zu sehen. Einen Monat nachdem die Zensurmaßnahmen eingeführt wurden, wurde ich zu einem öffentlichen Beobachtungsabend auf einer Volkssternwarte eingeladen. Ich sollte dort den Leuten Informationen über die verschiedenen Himmelskörper liefern, welche auf dem Beobachtungsprogramm standen, denn ich galt gerade wegen meiner Entdeckung, welche höchstwahrscheinlich demnächst den kollektiven Exodus bringen sollte, als angesehener Astronom. An jenem Abend stand zuerst der Mond auf dem Programm, später der Planet Jupiter und einige Sternhaufen wie M 15 und die Plejaden. Den Kometen wollte ich am liebsten gar nicht erwähnen, doch stand auch er auf dem Beobachtungsprogramm und ich sollte auch einige Informationen geben. Ich erzählte, dass ich besagten Kometen entdeckt habe und dass er in einigen Monaten die Erde treffen könnte und wenn dies geschehen würde, wir eine unvorstellbare Katastrophe erleben werden, dass aber zur Zeit durch verschiedene Raumfahrtmissionen versucht wird, den Kometen von der Erde wegzulenken, was allerdings anscheinend noch nicht gelungen ist, da er immer noch der berechneten Bahn folgt. Anschließend fuhr ich fort in meinen Erklärungen zu den Himmelsobjekten. Wenig später bat ich um eine Toilettenpause. Kurz nachdem ich das stille Örtchen, welches sich in einem Nebengebäude befand und nur über dem Hof der Sternwarte zugänglich war, verließ, packten mich an der Tür zwei schwarzmaskierte Männer und führten mich zu einem Polizeiwagen ab. Ich war so verblüfft, dass ich erst kein Wort herausbrachte, aber dann doch fragte, was dies solle. Man sagte mir nur, ich soll den Mund halten oder es wird ein Unglück passieren! Mehr noch, die schwarzmaskierten Männer stülpten mir einen Sack über den Kopf, denn ich sollte nicht wissen, wohin die Fahrt geht. Schließlich stoppte der Wagen und man führte mich in eine Arrestzelle, wo man mir den Sack abnahm. Ich hatte keine Ahnung, wo ich war, noch was mit mir geschehen sollte. „Habe ich zuviel gesagt?", ging mir durch den Kopf. Aber war es so schlimm? Schließlich sind die berechneten Werte der Kometenposition öffentlich zugänglich und jeder Hobbyastronom kann überprüfen, dass der Komet dort zu finden ist, wo er nach diesen auch stehen soll! Das zu erzählen kann doch kein Verbrechen sein! Nach einer schier endlosen Wartezeit kamen zwei schwerbewaffnete Polizisten und führten mich aus der Zelle in ein Zimmer, wo ich auf einem Stuhl, vor dem eine grelle Lampe auf mich schien, Platz nehmen sollte. Kurz darauf begann ein Verhör. Man schrie mich an: „Woher weißt Du das die Abwehrmaßnahmen fehlschlugen?" wobei ich einige Tritte an die Knöchel bekam. Ich sagte „von den Tabellenwerten für die Position des Kometen. Die Werte wurden schon kurz nach seiner Entdeckung erstellt, sind öffentlich zugänglich und der Komet steht dort, wo er nach diesen stehen soll. Wenn die Abwehrmaßnahmen gelungen wären, dann würden diese Tabellen nicht mehr stimmen!" Der Verhörer schrie zurück

„Und wenn die Tabellen falsch sind?" Ich antwortete:"die Werte der Tabelle wurden nach den üblichen Verfahren zur Berechnung von Kometenpositionen erstellt, die Positionen hunderter anderer Kometen wurden auf diese Weise korrekt berechnet. Warum soll es diesmal anders sein? Verzeiht mir, dass ich zuviel über den Kometen erzählt habe. Ich werde auch nie mehr über den Kometen etwas erzählen, aber laßt mich bitte frei! Ich habe doch nur den Leuten die faszinierenden Objekte des gestirnten Himmels erklärt! Ich habe nie gehört, dass je eine Person hierfür festgehalten wurde! Verzeiht mir bitte!" „Also gut", meinte der Verhörer. Wir lassen Sie frei. Aber wenn Sie noch einmal etwas über den Kometen erzählen, dann wird es Ihnen nicht mehr so gut gehen, meinte der Verhörer. Man führte mich zu einem fensterlosen Bus, der im Erdgeschoss des Gebäudes parkte und fuhr davon. Die Fahrt dauerte ca. ½ Stunde. Als der Bus anhielt und man mich zum Aussteigen aufforderte, merkte ich, dass es schon taghell war. Man ließ mich am Hauptbahnhof aussteigen. Dort nahm ich mir ein Taxi zur Volkssternwarte, um dann mit meinem Auto zur Sternwarte zu fahren, wo ich meine Beobachtungen machte. Zuerst schien alles in Ordnung zu sein, doch als ich genau hinsah, merkte, ich, dass alle Unterlagen bezüglich des Kometen verschwunden waren! Auch die einschlägigen Dateien auf dem Computer waren gelöscht, bis auf einige wenige, deren Bedeutung wohl nicht bekannt war! Auch in meiner Wohnung müssen irgendwelche Geheimdienstler gewesen sein, denn auch meine privaten Aufzeichnungen über den Kome-

ten fehlten fast vollständig, obwohl keine Spuren
einer Hausdurchsuchung erkennbar waren!
Mir war jetzt klar: der Komet ist für mich tabu.
Und auf alle Fragen bezüglich des Kometen erwiderte ich nur noch, dass dies nicht meine Angelegenheit sei.
In den folgenden Wochen wurde die Situation immer verworrener. Einerseits machten uns die
Pressesprecher immer noch weiß, dass keine Gefahr bestehen würde, doch begann man vielerorts
wieder Sirenen zu installieren. Auch war nicht zu
übersehen, dass man hektisch Vorräte und alle
möglichen Geräte in die neugebauten Magnet-
bahntunnels und stillgelegte Bergwerke einlagerte
und in Tiefgaragen und anderen unterirdischen
Orten öffentliche Schutzräume einrichtete. Als
die Sirenen betriebsbereit waren, hieß es, daß
zwar immer noch keine Gefahr bestehen würde,
man aber, wenn die Sirenen aufheulen, wegen
giftiger Gase, welche den Kometen entströmen,
sofort die nächsten Schutzräume aufsuchen solle
und daß nach den Entwarnungston, dessen Klang
täglich auf allen Fernseh- und Radiokanälen aus-
führlichst vermittelt wurde, diese wieder verlassen könne, da besagte Gase keine schädlichen
Rückstände hinterlassen. Mir war klar, daß dies
ein großer Humbug war, denn es stimmt zwar,
daß Kometenkernen giftige Gase wie Blausäure
entströmen, doch werden diese im Weltall so
stark verdünnt, daß keine Gefahr besteht. Schließlich ist die Erde 1910 durch den Schweif des Hal-
leyschen Kometen hindurchgeflogen, ohne daß,
wie seinerzeit von zahlreichen Personen befürch-
tet wurde, irgendwelche Erkrankungen auftraten.

Doch war es jetzt wirklich das beste hierüber zu
schweigen, denn sonst hätte man sich schneller
im Gefängnis befunden, als einen lieb war. Nun
begann man auch schon unwichtigere Straßen-
und Bahntunnel zu sperren, um diese als Bunker
herzurichten, doch gab man immer noch vor, dass
in diesen Bauarbeiten zum Zweck der Instandhal-
tung stattfinden sollten. Man wollte wohl immer
noch von der Ohnmacht vor der zu erwartenden
Katastrophe ablenken, denn es war schon klar,
daß alle Versuche den Komet abzuwehren, fehl-
geschlagen sind und ein Einschlag im Gebiet des
Mittelatlantiks, verbunden mit einer riesigen Flut-
welle und unzähligen anderen Katastrophen mit
globalen Auswirkungen stattfinden wird. Eines
Tages erhielt ich einen Brief, dass am nächsten
Tag in einem Lokal eine Versammlung des Hessdalen-Projekts stattfindet und ich unbedingt er-
scheinen sollte. Ich dachte zuerst die Organisation wäre verboten worden, doch war meine Neu-
gierde zu groß. Als ich das Lokal betrat und mich
an einem Tisch setzte, wo ich vor einem Getränk
auf andere Vertreter des Hessdalen-Projekts war-
tete, setzte sich ein schwarz gekleideter Mann mit
Oberlippenbart zu mir und fragte mich, ob ich der
Herr vom Hessdalen-Projekt sei. „Ja", erwiderte
ich, worauf er mir sagte, wir sollen erst etwas
trinken und dann noch einen kurzen Spaziergang
machen, denn er hätte einen Kollegen mitge-
bracht, der eine sehr wichtige Botschaft für mich
hätte, die er mir aber nicht hier im Gebäude mit-
teilen könne. Ich kannte den Herrn, der sich als
Mister Kenzing ausgab, weder vom Namen noch
von der Erscheinung, doch ich war trotz der trau-

matischen Erfahrung mit der Verhaftung neugieriger wie je zu vor und konnte es kaum erwarten, mich mit meinem Kollegen, dessen Namen er mir nicht verraten wollte, zu unterhalten. Nach dem Essen verließen wir das Lokal zu einem Spaziergang. Ich staunte nicht schlecht, als ich vor dem Lokal Herrn Brönsen sah, der uns begleitete. Ich fragte ihn sofort, wo kommen Sie denn her, ich habe von Ihnen nichts mehr gehört, seitdem ich das Harpunierexperiment in Norwegen machte. Was war geschehen? Er sagte mir, daß er seit einigen Jahren auch nebenberuflich als Informand für die NATO in Norwegen arbeitet und die Daten des Hessdalen-Projekts an die amerikanische Militärforschung weiterleitete, ohne zu wissen, was dort damit geschah, aber es ginge dabei, so erzählte man ihn, um den Erhalt der nationalen Sicherheit. Und um die Zusammenarbeit mit dem Hessdalen-Projekt nicht zu gefährden, habe er nie darüber geredet. Ich fragte jetzt Herrn Kenzing, ob ich jetzt verhaftet werden sollte, doch dieser erwiderte mir „Nein, ich bin zwar vom amerikanischen Geheimdienst, aber ich will sie nicht verhaften, denn Sie haben mit Ihrem Harpunierexperiment ohne es zu wissen, einen unschätzbaren Dienst erwiesen. Dank dessen werden wir die Welt retten". Ich fragte ganz verduzt: „Wie denn? Das verstehe ich nicht. Ich kann mit meiner Rakete doch nicht den Kometen abschießen!" Er erwiderte dies „Natürlich können Sie nicht den Kometen abschießen, aber sie konnten mit ihren Meßdaten zeigen, daß wir ihn ablenken können!" Ich erwiderte:"Womit denn?" Jetzt erklärte mir Herr Kenzing: „Ich werde Ihnen jetzt die größten Ge-

heimnisse der Welt Preis geben, aber Sie dürfen
daß, was ich Ihnen erzähle, auf keinem Fall wieter erzählen. In der Tat haben alle Versuche den
Kometen mit Atomwaffen abzulenken, nichts gebracht, doch es gibt ein anderes Gerät, mit dem
wir die Welt retten können und zwar den Psychokinetor." Ich hatte dieses Wort noch nie gehört
und fragte was das für ein Gerät sei und was dieses mit meinem Harpunierexperiment zu tun habe. Jetzt kam Herr Kenzing zur Sache. Er erklärte
mir, dass der Psychokinetor ein Gerät sei, mit
dem die Wahrscheinlichkeitsfunktion des Aufent-
haltsorts von Teilchen verändert werden könne
und da ja alle Objekte aus Atomen, deren Position
durch Wahrscheinlichkeitsfunktionen festgelegt
sind, bestehen, könne er auch zum Verschieben
von Objekten prinzipiell aller Größen genutzt
werden. Und um dies zu bewerkstelligen, muß
man einen Lightball in ein Magnetfeld einsperren
und diese Anordnung in ein möglichst großes nie-
derfrequentes elektromagnetisches Feld einbrin-
gen. Ich und Herr Brönsen fragten, was ein Lightball ist. Er erwiderte, dass sind die Objekte, die
Sie in Hessdalen untersuchen wollten und welche
für die nicht erklärten UFO-Fälle verantwortlich
sind. Lightballs sind sehr schwer zu untersuchen
und zu handhaben, doch ermöglichen sie phanta-
stische Anwendungen, wie Materie in Energie zu
verwandeln oder gigantische Objekte zu verschieben. Wir versuchen schon seit den 1950er Jahren
diese Objekte zu nutzen, doch fehlten immer
noch ein paar entscheidende Daten. Diese haben
Sie uns mit ihrem Harpunierexperiment, welches
unsere Wissenschaftler im Area 51 schon in den

1960er Jahren vorschlugen, gerade noch rechtzeitig geliefert. Doch könnten die Möglichkeiten der Lightballs auch missbraucht werden, weshalb man alles daran setzte, allein die pure Existenz des Phänomens in Frage zu stellen. Es sollte niemand diesbezügliche Forschung betreiben und die einzige Art dies zu verhindern, bestehe darin, dass Phänomen als nicht-existent zu bezeichnen und alle Beobachtungen als Missinterpretation bekannter Phänomene zu interpretieren, was auch oft der Fall war. Aber jetzt, wo die Welt kurz vor dem Aus steht, ist dieses geheime Wissen die einzige Rettung. Sowohl mir und Herr Brönsen stockte der Atem, denn jetzt wußten wir, daß unsere Forschungen, die so oft belächelt wurden, von größter Bedeutung waren. Am Ende des Spaziergangs teilte Herr Kenzing mir und Herrn Brönsen mit, dass ich die einmalige Gelegenheit haben sollte, mitzuerleben, wie Ihr Wissen hilft, die Menschheit zu retten. Nach anfänglicher Skepsis waren wir beide mit dem Angebot einverstanden. Schließlich hat man eine solche Gelegenheit wohl nur einmal im Leben! Herr Kenzing sagte mir dass wir morgen um 9 Uhr am Terminal A des Stuttgarter Flughafens eintreffen sollten. Schweigend fuhr ich nach Hause, packte meine Sachen und erschien am nächsten Tag beim Terminal A, wo Herr Kenzing zusammen mit Herrn Brönsen schon ungeduldig warteten. Herr Kenzing führte mich zusammen mit Herrn Brönsen auf einem Bereich des Stuttgarter Flughafens, auf dem nur Kleinflugzeuge stehen. Dort führte er mich zu einem schwarzen Lear-Jet, in dem wir wir einstiegen und dann los flogen. Erst im Flug-

zeug erklärte Herr Kenzing, wo die Reise hin
geht. Er sagte: „Wir fliegen nach Liberia". „Was
wollen wir dort?" erwiderte ich. Er sagte: "Den
Kometen umlenken". Wieso dort: "Liberia ist
doch ein von Bürgerkriegen geschundenes Land,
es herrscht dort doch so gut wie keine Ordnung
und keine funktionierende Infrastruktur".
Er erwiderte: "Ja, das stimmt. Aber in Liberia befindet sich auch eine Anlage zur Erzeugung eines
großvolumigen niederfrequenten Feldes, in Form
des ehemaligen OMEGA-Sender in Paynesville.
Es ist ein 417 Meter hoher Sendemast, das höch-
ste Bauwerk Afrikas." „Davon habe ich schon
gehört! Und der ist immer noch funktionsfähig?"
„Ja. Nur die Sendeeinrichtung müssen wir mit-
bringen". Wir werden Sie im Panzer vom Flug-
platz zur ehemaligen OMEGA-Anlage fahren. Ich
dachte nur „OMEGA = letzter Buchstabe im
griechischen Alphabet = Weltende". Nach 6
Stunden erreichten wir den Flughafen von Monrovia, der Hauptstadt Liberias und setzten zur
Landung an. Auf dem Flug gab man mir und
Herrn Brönsen ein Buch mit Gifttieren und einen
Verhaltenskodex in die Hand. Nichts davon wirk-
te einladend.
Auf dem Flughafen, dessen Gebäude zahlreiche
defekte Scheiben hatte, stand eine Transportma-
schine. Aus dieser wurde ein Panzer und ein lan-
ger LKW ausgeladen. Herr Kenzing erklärte mir
mit dem Panzer fahren wir zur OMEGA-Station.
Der LKW hat den Psychokinetor geladen. Wir
stiegen in dem Panzer ein und fuhren los. Die
Fahrt ging über eine holprige Strasse an zer-
schossenen Wellblechhütten vorbei. Man sah

gelegentlich Hungergestalten am Straßenrand und
besser genährte Soldaten mit Maschinengeweh-
ren. Gelegentlich brausten Schüsse durch die
Luft. Es war ein furchtbarer Anblick von Elend
und Bürgerkrieg.
Dann kam endlich, wie ein Objekt aus einer anderen Welt der riesige Sendemast in Sicht.Doch
plötzlich stoppte unser Panzer. Ein paar Soldaten
wollten uns nicht durch lassen. Doch dann gab
der Fahrer ein kleines Kästchen heraus, worauf
sie uns durchließen. Er sagte, da war etwas Klein-
geld drin. Das freut die armen Gestalten. Wir erreichten die Tore der Anlage. Dort ist das einstige
Sendergebäude. Hier machen wir erst einmal
Rast. Vor dem Sendergebäude, dessen Putz ab-
blätterte, standen bereits zahlreiche Gerätschaften. Hierbei fielen mir vor allem die Kleinkabi-
nen, welche an Dixi-Klos erinnerten auf. „Wozu
sind diese Toiletten da?" fragte ich. Ein Herr im
T-Shirt erwiderte, dass sind keine Toiletten, dass
sind Bleikammern. Sie dienen zum Schutz der
Personen vor der intensiven Gammastrahlung des
Psychokinetors. Kurz darauf erschien der Lastwa-
gen mit dem Psychokinetor. Er fuhr direkt zum
Sendemast vor, wohin wir uns nach einer Stär-
kung in der einstigen Kantine des Sendergebäu-
des auch begaben. Es war sehr feuchtheiß und
man war schon nach kurzer Zeit verschwitzt.
Direkt neben dem Psychokinetor war ein anderes
Gerät aufgebaut. Man erklärte mir, dies wäre der
Längstwellenoszillator, dessen Modulation über
den Computer gesteuert wird. Zusammen mit der
Modulation des Lightballs gibt dessen Modulation die Wahrscheinlichkeit für das zu bewegende

Objekt vor. Es klang alles hochkompliziert, was es vermutlich auch war. Nicht kompliziert hingegen war es den Kometen zu sehen. Er stand als prächtige Erscheinung senkrecht über dem Sendemast! Bezüglich des Kometen erklärte mir Herr Brönsen: "Übermorgen ist Tag X und wenn wir diesen Tag überleben, dann wird es bald solche Szenen, wie Du sie auf dem Weg hierher gesehen hast, hoffentlich nicht mehr geben!"
Ich erwiderte, die wird es auch nicht mehr geben, wenn wir den Tag nicht überleben. „Wie geht es jetzt weiter?" fragte ich Herrn Kenzing. Morgen vormittag kommt noch ein paar Sprittransporte für die Stromaggregate, denn die Stromversorgung der Station aus dem Netz ist alles andere als stabil. Am Nachmittag kommt ein Flugzeug vom Area 51 mit dem Lightball. Sein Transport ist sehr schwierig, denn er ist im magnetischen Käfig drin und die Stromversorgung darf nicht unterbrochen werden. Darum haben wir mehr Stromaggregate hier als nötig.
Am Nachmittag des nächsten Tages zog plötzlich ein Sturm auf. Ich sah deutlich wie Blitze in den Sendemast einschlugen. Trotzdem gingen die Arbeiten so gut es ging weiter. Man erklärte mir für uns besteht keine Gefahr, weil der Mast gut geerdet ist. Allerdings traf dies nicht für die Elektronik zu, denn plötzlich versagte eines der Notstromaggregate. Was sollen wir tun? Da meinte Herr Kenzing noch, dass die Station noch über ein altes Aggregat verfügte, dass aber schon seit 1997 nicht mehr gelaufen ist. Es ist in einem Bunker unter dem Sendergebäude. In der Tat dort war es noch immer. Aber ob es lief? Wir füllten

Öl und Diesel nach und starteten den Generator.
Er wollte nicht. Auch nicht beim 2. Mal. Wohl
aber beim 3. Versuch.
Auch das Flugzeug vom Area 51 mit dem Lightball wurde vom Blitz getroffen. Der Pilot hatte
große Schwierigkeiten das Flugzeug unter Kon-
trolle zu bringen und zu landen. Er schoss über
die Landebahn hinaus, aber zum Glück blieb das
Flugzeug so weit intakt, dass die Stromversorgung des Lightball-Halters gewährleistet war.
Trotz Explosionsgefahr wurde der Lightball-Hal-
ter in einer hektischen Aktion auf einem gepan-
zerten Tieflader gebracht und von 2 Panzern be-
gleitet zur OMEGA-Station gefahren. Aus Angst
vor dem Gewitter wurde er erst am späten Abend
in den Psychokinetor geladen. Nun war die Station fertig. Morgen musste sie zeigen, was sie
kann. Und es wird keine 2. Chance geben! Eifrig
wurden der Psychokinetor, der Längstwellensen-
der und die Steuercomputer durchgecheckt.
Einzig die Technik des Senders und seine Ansteuerung waren mir vertraut, den Rest konnte ich
nicht verstehen. Auch wurden die Bleikammern
aufgestellt. Am Osthorizont erschien der Komet.
Er war riesengroß und sein Schweif schien kein
Ende zu nehmen. „Noch 2 Stunden", sagte Herr
Kenzing und „Alle technischen Systeme funktio-
nieren einwandfrei."
Doch dann, eine Stunde vor dem entscheidenden
Punkt, gab es ein Problem. Ein Draht geriet zwischen einen Isolator auf der Mastspitze. Jemand
musste hinaufsteigen und mit einer langen Zange
den Draht durchschneiden. Nach kurzer Zeit meldeten sich 2 Freiwillige. Ich fragte, ob sie es über-

leben würden. Herr Brönsen sagte zu ihnen:
„Bleibt, was immer auch geschieht, auf der Platt-
form auf der Mastspitze, sonst tötet Euch die
Strahlung".
Der Komet wurde größer und größer. Wir gingen
noch die Computerprogramme durch und starteten noch das alte Notstromaggregat. Jetzt war es
ernst. Es hieß alle Mann in die Bleikammern. Ich
quetschte mich zusammen mit Herrn Kenzing
und Herrn Brönsen in eine derartige Kammer, in
der mit Müh und Not 3 Personen Platz hatten.
Herr Kenzing zeigte auf die Uhr an der Wand und
meinte, dass wir uns an die Hände fassen sollen.
Wenn der Zeiger die rote Markierung erreicht und
wir dann noch uns gegenseitig fühlen, dann hat es
geklappt. Der Computer startete automatisch den
Psychokinetor. Das Gebiet um den Mast wurde in
blaues Licht getaucht. Zudem war ein lauter
Summton zu hören. Doch auch der Komet schien
sich zu verändern. Er fing an immer stärker zu
vibrieren und zu drehen. Seine Unterseite begann
zu glühen. Ein Beobachter im Sendergebäude
schaltete darauf hin das Notstromaggregat auf
volle Stufe. Das Leuchten um den Mast wurde
heller und der Summton unerträglich laut. Der
Komet drehte sich weg. Ich bemerkte, dass der
Zeiger der Uhr die rote Marke erreichte. Und ich
lebte noch! Doch zeigte der Strahlungsmesser
tödliche Werte an. „Komet flieg vorbei. Ich will
nicht sterben"! dachte ich. Als ob der Komet dies
gehört hat, änderte er jetzt seine Richtung. Dann
hörte er auf zu glühen. Da gab es einen Knall. Die
Stromversorgung war ausgefallen und der Lightball schoss durch den Container in den Himmel.

Er hat die Wand glatt durchgebohrt. Es war pechschwarz in der Bleikammer und Totenstille lag in der Luft, denn mit dem Lightball verschwand auch der Summton. Niemand traute sich die Tür zu öffnen, bis ich es tat. Ich sah den Schweif, der den ganzen Himmel einnahm und darunter den Sendemast. Einen Anblick, den niemand je vergessen dürfte! Herr Brönsen griff zu seinem Fernglas, um zu sehen, ob die beiden Männer auf der Mastplattform noch lebten. Ja, es schien in der Tat so zu sein, denn er konnte Winkzeichen von Ihnen ausmachen. Herr Kenzing versuchte zuerst die beiden Männer auf dem Mast mit seinen Funkgerät zu erreichen. Als ihn dies mißlang machte er sich auf dem Weg zum Sendergebäude, um ein Megafon zu holen, um ihnen Entwarnung zu geben. Doch als er zurückkehrte, waren beide schon dabei, den Sendemast hinabzusteigen. Ich sagte: "Herr Kenzing, ich glaube wir haben es geschafft". Sofort eilte ich zum Stationsgebäude, wobei ich stets auf den Kometen blickte. Mit jedem Blick war mir klarer. Es ist geschafft. Der Komet fliegt an uns vorbei. Um ganz sicher zu sein, ob es auch wirklich stimmt, versuchten wir möglichst alle wichtigen Kurzwellensender zu empfangen. Und da uns dies gelang war klar: es gab keinen Treffer! Doch ganz so richtig war diese Annahme leider nicht: denn bei dem Drehmanöver löste sich ein ca. 50 Meter großes Stück vom Kometen, was wir in Paynesville nicht, wohl aber die Radargeräte von NORAD registrierten. Es flog in großem Bogen über den Atlantik auf Nordamerika zu. Eilig versuchte man in Nevada eine mit einem Atomsprengkopf bestückte Satellitenabwehrrakete auf das Objekt zu feuern, obwohl der hierbei entstehende EMP zahlreiche elektronische Systeme unter anderen auch das Katastrophenwarnsystem der USA lahm legen würde. Doch das war zu diesem Zeitpunkt egal und so feuerte man die Rakete los. Doch leider hatte das Lenksystem der Rakete einen Fehler, so dass die Rakete direkt neben den Bruchstück detonierte und dieses nur ein wenig in der Bahn umlenkte, an Stelle es zu zerstören. Dummerweise unterbrach der EMP alle modernen Telekommunikationsverbindungen und so wusste niemand zu sagen, was geschah. Erst als mehrere Amateurfunker über Kurzwelle meldeten, dass es im Norden von Los Angeles eine gewaltige Explosion gegeben hat, war klar gewesen: das Kometenbruchstück hat Teile von Los Angeles, darunter Hollywood getroffen und mehrere zehntausend Menschen getötet. Der Hauptkomet, der immer noch eine prächtige Erscheinung war, zog in nordwestliche Richtung weiter. Er hatte durch den Psychokinetor eine solche Beschleunigung erhalten, dass er unser Sonnensystem für immer verlassen wird. Wir in Liberia erfuhren von den ganzen Geschehnissen erst nach mehrstündiger Verspätung. In der Meldung hieß es, dass heute die Erde vor dem Einschlag eines großen Kometen gerettet wurde, in dem eine mit einem Atomsprengkopf bestückte Rakete auf denselben gefeuert wurde, um ihn von einem Zusammenstoß mit der Erde abzulenken, wobei sich ein Bruchstück löste und Los Angeles zerstörte. Wir dachten uns: typisch! Nicht die Atombombe hat den Kometen abgelenkt, sondern unser Psychokinetor. Zu diesem Zeitpunkt war

schon das Einpacken der Gerätschaften in vollem
Gange. Ich wurde zusammen mit Herrn Brönsen
mit dem Panzer, mit dem wir gekommen waren,
wieder zum Flughafen von Monrovia gebracht,
wo schon der schwarze Lear-Jet für den Rückflug
nach Stuttgart bereit stand.
Nachdem ich wieder zu Hause angekommen war,
nutzte ich jede freie Minute, um meine Erlebnisse
in Liberia in Form eines Manuskripts zusammen
zu fassen. Ich wollte damit unbedingt an die Pres-
se, um der Welt die Wahrheit, wie der Komet
abgewehrt wurde, mitzuteilen.
In den Zeitungen machte unterdessen die Schlag-
zeile die Runde, daß man den Bau der Magnet-
bahntunnel nicht mehr vorantreiben wolle und
daß, obwohl schon viele hunderte von Kilometern
teils unter Umgehung vieler Gesetze gebaut wurden. Das führte in vielen Gebieten zu zahlreichen
Demonstrationen, welche, da die Einschränkun-
gen der Presse- und Versammlungsfreiheit schon
wenige Stunden nach dem Vorbeiflug des Kometen in Deutschland und vielen anderen Ländern
aufgehoben wurden, wieder erlaubt waren.
Schließlich fand die Vorstellung mit diesen Bahnen viel schneller als mit jeden anderen Verkehrsmittel unabhängig vom Wetter quer durch Europa
reisen zu können, unzählige Anhänger und jetzt,
wo so viel Geld verbaut war, sollte man das Sy-
stem auch zu Ende bauen. Als schließlich die
Gründung einer „Partei der Magnetbahnfreunde"
angekündigt wurde und selbst zahlreiche hoch-
rangige Mitglieder der etablierten Politik ankün-
digten, in diese einzutreten, gab man klein bei
und versprach die Bauarbeiten fortzusetzen. Im

Unterschied zu den Protesten für den Weiterbau
des Magnetbahnsystems war keine Zeitungsreda-
ktion, nicht einmal eine von der sonst so sensa-
tionsgierigen Boulevardpresse, an meiner Geschichte interessiert, denn sie klang viel zu phan-
tastisch und unglaubwürdig. Doch dann entschied
sich ein Esoterik-Verlag für die Publikation in
seinem Blatt. Der dort abgedruckte Artikel wäre
kaum beachtet worden, wenn nicht auch einige
Entwicklungshelfer von dem beschriebenen
Leuchten berichteten, was man der Rubrik „Le-
serbriefe" der Zeitung entnehmen konnte. Doch
dann kam der große Durchbruch: die russische
Weltraumbehörde veröffentlichte einige Bilder
ihres Erdbeobachtungssatelliten „Gagarin", der
zum Zeitpunkt des Einsatzes des Psychokinetors
über Liberia war, Bilder von dem entsprechenden
Areal machte und sich nachher auf einer gänzlich
anderen Umlaufbahn befand. Auf ihnen war ganz
klar ein Leuchten zu erkennen, in dessen Innern
sich eine riesige stabartige Struktur befand, welche eindeutig der Sendemast in Paynesville war.
Ich kopierte diese Bilder und schickte noch einmal meinen Bericht an alle Zeitungsredaktionen,
denen meine Geschichte zu unglaubwürdig war
und legte noch zusätzlich die Bilder des „Gagarin"-Satelliten bei, wobei ich auch nicht vergaß
zu erwähnen, dass dies wegen fehlender Wolken
kein Wetterleuchten oder ähnliches war, sondern
genau das in meinem Bericht erwähnte Leuchten.
Auch führte ich an, dass die russische Raumfahrt-
behörde über die ungewöhnliche Bahnänderung
des „Gagarin"-Satelliten rätselte, welche wohl
eine Nebenwirkung des Psychokinetors war. Dies

gab zahlreichen Zeitungen genug Grund, eigene Nachforschungen in dieser Angelegenheit zu machen und meinen Bericht doch abzudrucken. Die Geschichte verbreitete sich wie ein Lauffeuer und es wurden immer mehr Stimmen in allen Teilen der Welt laut, dass die USA endlich das Geheimnis des Psychokinetors, der in jenen geheimnisvollen Area 51 entwickelt wurde, lüften solle, sowie Wissenschaftlern und Rüstungsexperten eine ausführliche Inspektion des Area 51, wo so viele Technologien jenseits der heutigen Physik entwickelt worden sein sollen, ermöglichen möge. Schließlich hielt man zu Recht ein Gerät, mit dem man das schaffte, was selbst mit Atombomben nicht gelang, für eine potentiell sehr gefährliche Waffe und da war es nur zu verständlich, dass man wissen wollte, wie es funktioniert. Zuerst weigerte sich die Regierung der USA dies zu tun, doch nachdem die OPEC drohte, den USA den Ölhahn zuzudrehen und China und Russland keine Abrüstungsverträge mehr einzuhalten, wenn nicht endlich Inspektoren das Area 51 besuchen dürften und das Funktionsprinzip des Psychokinetors veröffentlicht würde, gab man schließlich klein bei. Zwar versuchte man natürlich möglichst vieles über Jahrzehnte hinweg angesammeltes streng geheimes Material aus dem Area 51 auszulagern oder zu vernichten, doch konnte dies kaum gelingen, denn die Inspektoren waren sehr hartnäckig und wollten unbedingt die Funktion des Psychokinetors verstehen. Um dies zu tun, musste sehr viel streng geheimes Material herausgegeben werden. Dies geschah zwar sehr widerwillig, aber, da die Vereinigten Staaten im

Lauf Ihrer Geschichte noch nie so viele Staaten
gegen sich hatten, gab es hierzu keine Alternative. Daß was man entdeckte, war sehr atemberaubend, denn die Entwicklung des Psychokinetors ging auf eine Technologie an Bord einer außerirdischen Raumsonde zurück, welche 1936 in
Deutschland abstürzte und 1945 in einem Bunker
in Thüringen vom US-Militär aufgefunden wurde
und als geheime Kriegsbeute in die USA gebracht
wurde. Dort wurde 1946 versucht, sie in Roswell
zu fliegen, wobei sie abstürzte. Obwohl sie dies
recht gut überstand, versuchte man vor weiteren
Tests erst das Antriebssystem zu verstehen, was
aber jahrzehntelang nicht annähernd gelang. Erst
in den 1970er Jahren erkannte man, dass ihr Flug
psychokinetisch mittels einer speziellen Form
dunkler Materie erfolgt, die aus magnetischen
Monopolen besteht und die sich gelegentlich in
Form leuchtender Kugeln, die als „Lightballs" bezeichnet werden, zeigt. Um diese Lightballs zu
untersuchen, wurden diverse Fluggeräte eingesetzt. Im Dezember 1980 sollte erstmals ein solcher Lightball in Texas eingefangen werden, was
auch gelang, doch emittierte dieser, weil er anfing
Materie in Energie umzuwandeln, starke Gammastrahlung. Durch diese Strahlung ist seinerzeit
Frau Betty Cash erkrankt. Daraufhin achtete man
bei derartigen Tests peinlichst darauf, einen möglichst großen Abstand zu Zivilisten und zivilen
Einrichtungen einzuhalten. Man entdeckte, dass
diese Lightballs durch verschiedene Arten der
Ansteuerung zu unterschiedlichen Verhalten
angeregt werden können und zwar entweder zur
Umwandlung von Materie in Energie oder zur Er-

zeugung parapsychologischer Erscheinungen,
wozu auch die Psychokinese gehört. Dies gab den
ganzen Phänomen eine größere Bedeutung, als
man sich je in den kühnsten Träumen vorstellen
konnte, denn wer Materie in Energie umwandeln
kann, hat das Energieproblem für immer gelöst
und mit Hilfe der Psychokinese kann man belie-
big große Massen mühelos bewegen. Es wurde
ein entsprechendes Gerät gebaut, welches nach
einigen Tests Ende der 1980er Jahre eingemottet
wurde, weil es nach Ende des Kalten Krieges üb-
erflüssig schien. Erst als der Komet, welcher die
Menschheit zu vernichten drohte, entdeckt wurde,
wurde es reaktiviert. Wir haben bis heute nicht
komplett die ganze Physik dahinter verstanden,
doch erklärte sich die USA im Abschlussbericht
damit einverstanden, diese Technologie, welche
das Überleben der Menschheit in letzter Minute
rettete, der Welt zur Verfügung zu stellen und
wieter zu entwickeln, nicht nur, um im Falle eines
drohenden Einschlags ein Abwehrsystem zu
haben, sondern auch um die ganze Menschheit,
inklusive ihres im entstehen befindlichen unterirdischen Magnetbahnsystems, für immer mit
sauberer Energie zu versorgen..

Herstellung und Verlag:
BoD – Books on Demand, Norderstedt
ISBN 978-3-8482-2709-9